熊來了!

圖・文 趙洙京

先於弘益大學主修陶藝，後於英國金斯頓大學取得插畫碩士學位。
喜愛檢視內心蕩漾的各種漣漪，細細思索。
期許自己能自由想像、深度省思，創作出能愉快織夢的繪本。
圖文作品有《我》、《心泉》、《我的尾巴》。
曾以《我》奪下世界插畫獎（World Illustration Awards）童書出版獎項，
以《我》為基礎打造的應用程式亦奪得「大韓民國電子出版大獎」。

熊來了！

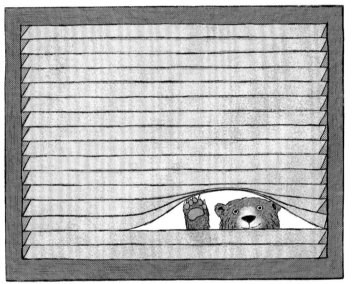

趙洙京 圖・文

簡郁璇 譯

很久很久以前，當熊成群結隊來到小鎮時，
村民都如此竊竊私語：

「哇，好神奇，
熊居然像人類一樣行動！」

「看看那邊，
這些熊可真聰明啊。」

「小心點，這些熊不知道何時會性情大變，傷害我們，
牠們不知道有多殘暴，力氣有多大啊……。」

據說熊族剛開始
要適應小鎮的生活並不容易，
牠們四處惹是生非，所以也經常被誤解。

熊同學很認眞學習人類的語言和文字，
慢慢地適應了小鎭。

街上到處都是村民與熊，
原本安靜的小鎮，也開始充滿了活力。

但不知從什麼時候開始，
人類為了雞毛蒜皮的小事，
而對熊感到不耐煩，
因為他們感覺好像被奪走了什麼。

在人類眼中，讓熊享有與人類相同的待遇，
看起來似乎是不公平的。

最後，人類在小鎮外頭築起高牆，
把熊都驅逐出去，
不再讓牠們進入人類生活區。

雖然熊族想盡辦法要重返小鎮，
但牠們越是苦苦哀求，
人類就越毫不留情的趕走牠們。

熊族雖然被驅逐到森林，
但牠們在那裡什麼也做不了，
因為牠們已經習慣過得像人類一樣。
在森林中的熊族傷心欲絕，哭了又哭。

但據說這樣的日子並沒有維持太久，
因為熊族也不會乖乖的任人宰割，
而且牠們力大無窮，聰明過人。

「早就料到會這樣，你們終於露出了真面目！」
人類怒氣沖沖地跳出來迎戰。

熊族也不甘示弱，挺身對抗人類。

每個人各喊了一句：

「你們享受的一切，
都是我們人類用汗水換來的！」

「你們自以為是人類，
但你們可是熊！」

「既然生為熊，就不該貪圖人類的東西！」

「要是接納你們，下一次
老虎、獅子和狐狸全部都會跑來！」

「這塊土地本來就不屬於人類！」

「我們動物更早居住在這裡！」

「為什麼就只有人類想獨占所有好處？」

「只要你們不貪心，每個種族都能過幸福的生活！」

「無論是誰，都有權選擇居住地！」

熊族也紛紛大吼。

人類爭先恐後地與熊族扭打起來，
他們並未察覺，自己變成了怪物。

眼見家園殘破不堪，
沒人能倖存下來，
可是誰也沒有停手。

小鎮經過長久的戰爭，變成了廢墟，倖存的人類和熊族寥寥無幾。

「我們人類贏了。」

「不對、不對，
是熊族的勝利。」

就在這時，
天空落下了潔白冰涼的雪花。

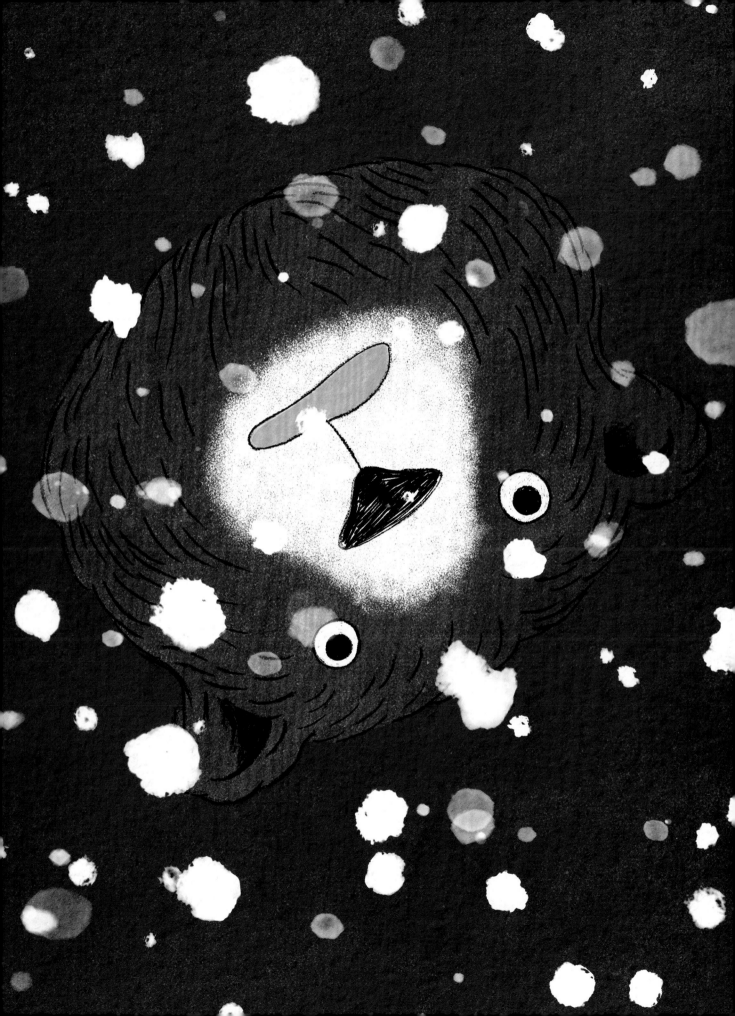

失去了溫暖的家園，
他們僅有的，只是凜冽逼人的嚴冬。

熊與人類

能共存嗎？

熊來了！

2024 年 8 月 1 日初版第一刷發行

作　　者	趙洙京
譯　　者	簡郁璇
編　　輯	吳欣怡
美 術 編 輯	許麗文
發 行 人	若森稔雄
發 行 所	台灣東販股份有限公司

　　　　　＜地址＞台北市南京東路4段130號2F-1
　　　　　＜電話＞(02)2577-8878
　　　　　＜傳真＞(02)2577-8896
　　　　　＜網址＞https://www.tohan.com.tw
郵撥帳號　1405049-4
法律顧問　蕭雄淋律師
總 經 銷　聯合發行股份有限公司
　　　　　＜電話＞(02)2917-8022

國家圖書館出版品預行編目 (CIP) 資料

熊來了！/趙洙京著; 簡郁璇譯. -- 初版. -- 臺北市：臺灣東販股份
　有限公司, 2024.8
　44 面 ;21×27 公分
　ISBN 978-626-379-472-6 (精裝)

862.599　　　　　　　　　　　　　　　113008753